CB055607

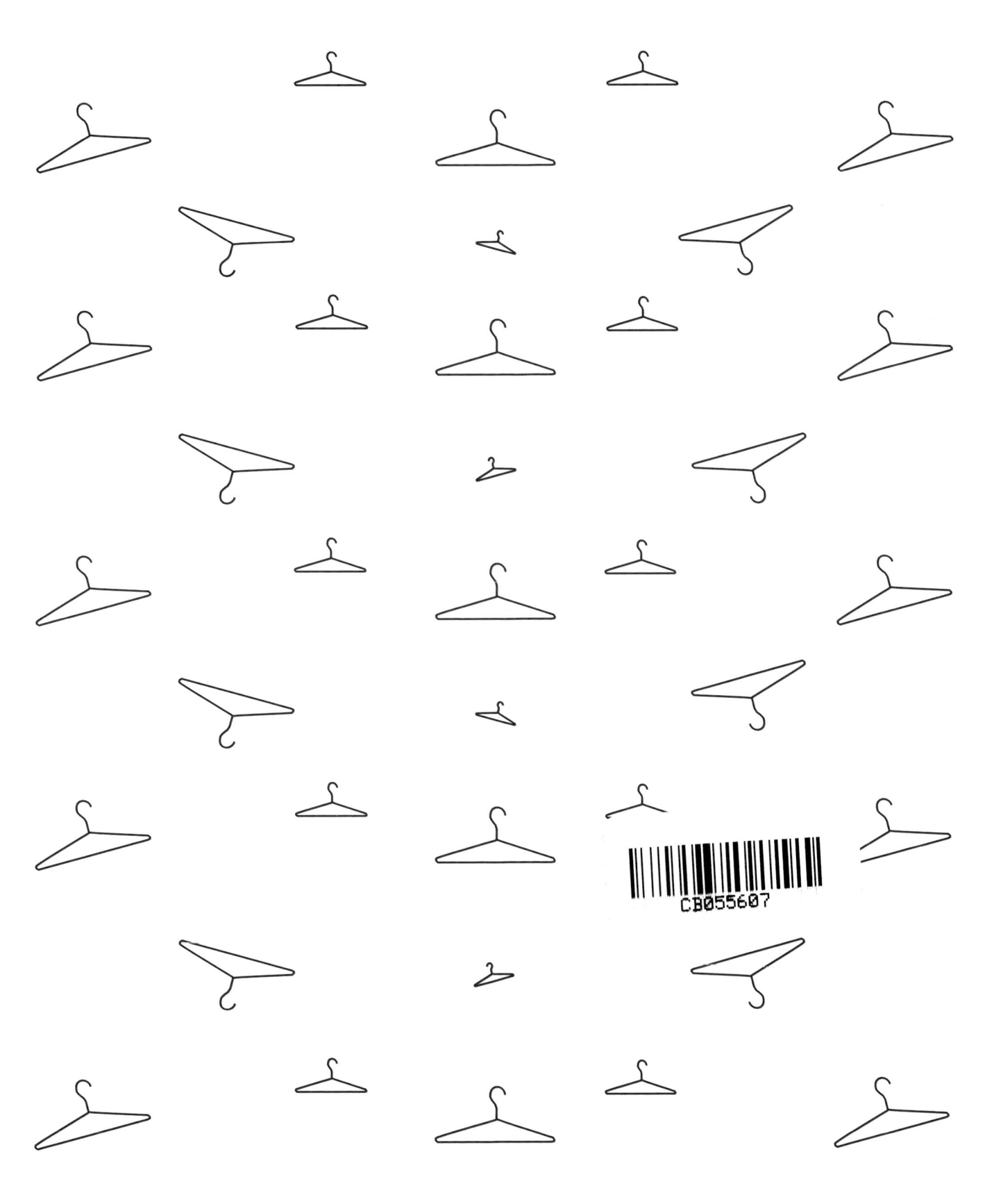

A roupa nova de Doralice

A roupa nova de Doralice

Inspirado no conto tradicional "A roupa nova do rei"

Texto
Monica Stahel

Ilustrações
Luciana Romão

Saíra
EDITORIAL

Copyright do texto © 2019 Monica Stahel
Copyright das ilustrações © 2019 Luciana Romão

Coordenação editorial	Fábia Alvim
	Felipe Augusto Neves Silva
	Rochelle Mateika
Projeto gráfico	Luciana Romão
	Matheus Valim
Capa	Luciana Romão
Editoração eletrônica	Luciana Romão
	Matheus Valim
Revisão	Luzia Aparecida dos Santos
	Luís Eduardo Gonçalves

Dados Internacionais de Catalogação na Publicação (CIP) de acordo com ISBD

S781r   Stahel, Monica

    A roupa nova de Doralice / Monica Stahel ; ilustrado por Luciana Romão. - São Paulo, SP : Saíra Editorial, 2019.
    40 p. : il. ; 20cm x 23cm.

    ISBN: 978-65-81295-00-4

    1. Literatura infantil. 2. Contos de fadas. I. Romão, Luciana. II. Título.

                                                       CDD 028.5
2019-2027   CDU 82-93

Elaborado por Vagner Rodolfo da Silva - CRB-8/9410
Índice para catálogo sistemático:
    1.   Literatura infantil 028.5
    2.   Literatura infantil 82-93

2019
Todos os direitos reservados à
Saíra Editorial
Rua Doutor Samuel Porto, 396
04054-010 - Vila da Saúde, São Paulo, SP
Tel.: (11) 5594 0601
www.logopoiese.com.br
rochelle@sairaeditorial.com.br

*A todos aqueles que, como as crianças,
enxergam as coisas como elas são.*
Monica Stahel

*Para os primos queridos: Bianca, Rafael,
Bruna, Marcelo e Helena.*
Luciana Romão

Era uma vez uma moça chamada Doralice, muito bonita, muito vistosa, mas muito cheia de si e desdenhosa. Não falava com ninguém, não era amiga de ninguém, se achava a tal. Muitas histórias começam assim, mas esta é diferente, porque Doralice, no fim, não vai ficar boazinha nem levar castigo pela vaidade. Só vai render um novo nome para sua cidade.

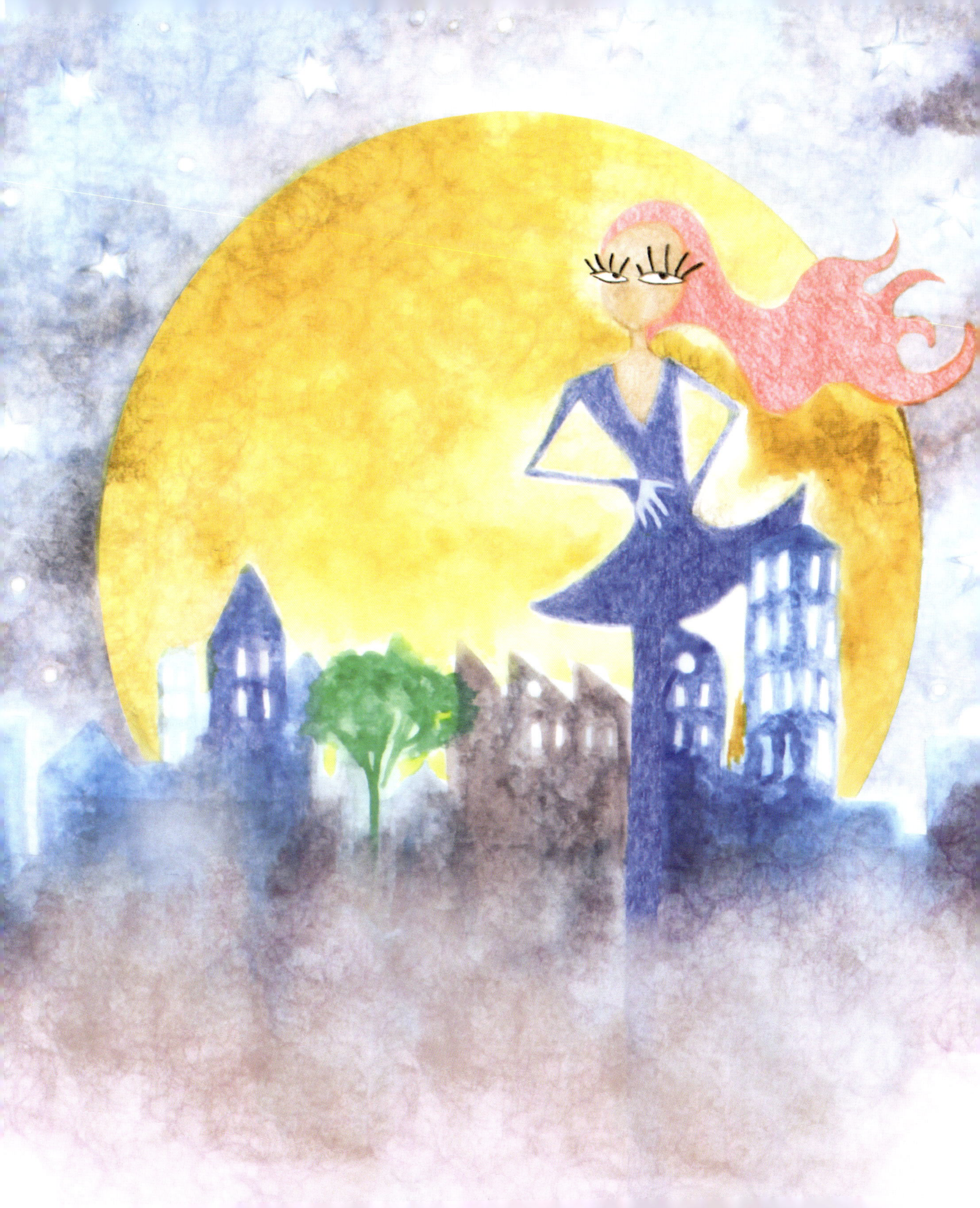

Doralice morava numa cidade igual a muitas outras: nem grande nem pequena, tinha praça, igreja, escola e padaria, tinha hospital, dentista, médico e sapataria, tinha casas, alguns prédios e sempre muita gente andando pelas ruas. Essa cidade se chamava Vila das Luas.

Apesar de ser antipática, Doralice despertava muita cobiça e muita inveja. A cobiça era dos moços. Não havia rapaz que não quisesse namorar aquela nariz em pé; não por ela, mas por malícia, pelo gosto de conquistar a garota mais bonita de que se tinha notícia.

A inveja era das moças. Todas queriam ser iguais a ela e sempre a imitavam em tudo.

Se um dia Doralice punha chapéu, no dia seguinte todas as garotas apareciam de chapéu. Se desse tempo elas compravam, se não desse se arranjavam: lenço, bacia, cesto de papel, até vaso de flor virava chapéu.

Um dia Doralice apareceu com um cãozinho na coleira. A moçada, é claro, saiu toda alvoroçada. As *pet shops* da cidade não deram conta do recado, teve gente que ficou sem cachorro e tratou de arranjar algum bicho diferente. Foi um tal de tirar periquito da gaiola, surrupiar o gato da vizinha, cada uma pôs a coleira no bicho que tinha.

Uma outra vez, Doralice apareceu com um pé de sapato de cada cor. O dono da sapataria, coitado, ficou rouco de tanto explicar que não podia vender calçado desparelhado.

Já para o sapateiro foi uma beleza, ganhou numa noite a féria do mês, tingindo um pé de sapato para cada freguesa.

Um belo dia apareceu na praça, puxando conversa, uma velhinha meio à moda antiga mas muito chique, de óculos, colar, pelerine e bolsa tipo maleta. Era costureira, ou estilista, como diziam na terra dela. Sim, morava na capital, mas tinha vindo de um país distante. Seu nome era Rosa, só que o certo era dizer Rosá. Dona Rosá vinha oferecer seus serviços para a pessoa mais elegante daquele lugar. A quem deveria procurar?

Assunta daqui, ouve dali, e o nome indicado era sempre o mesmo: Doralice, que na fala da costureira virou Dorralis. Estilista, Rosá, Dorralis, era assim que se dizia no seu país.

E lá se foi dona Rosá se apresentar para Doralice. Era estilista, serviço completo, vendia o tecido e fazia o vestido. Doralice se interessou.

A senhora grã-fina entrou, sentou; café ela não tomava, foi direto ao assunto. Tirou da maleta amostras de panos de todos os tipos e cores, lisos, com listras, bolas e rococós, bordados de ouro, prata, pérolas e cristais. Tudo lindo demais.

Doralice escolheu um roxo, estampado de flores e folhas, com muito ouro e muito brilho. O modelo? Longo, de alcinha e com bolero, do jeito que estava na moda. Então dona Rosá contou o principal: aquele pano era encantado.

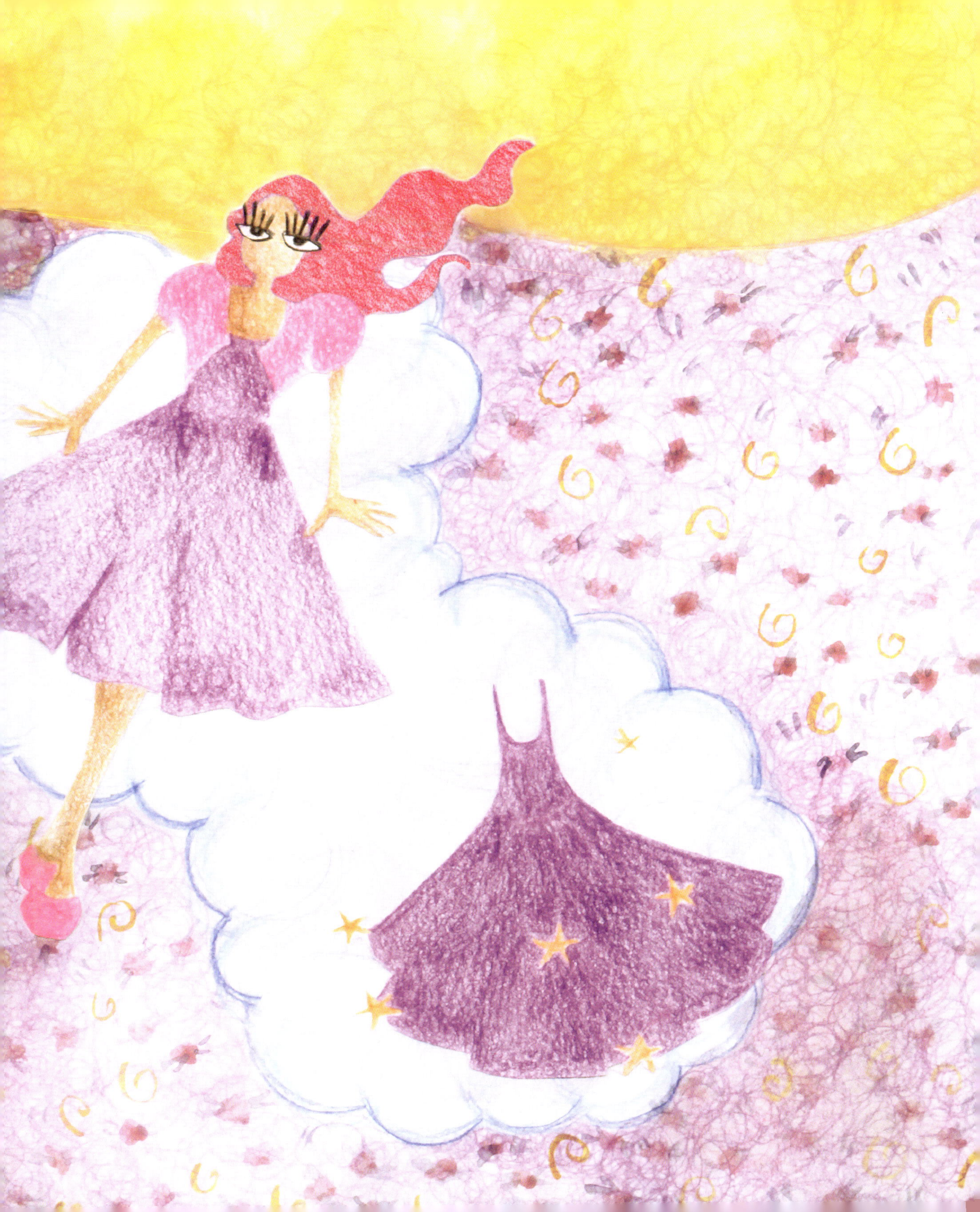

Depois de virar vestido, só as pessoas de alma limpa e bons sentimentos o enxergavam. Era invisível para os maus, orgulhosos e avarentos.

Doralice se assustou um pouco, mas logo passou. Ora, qual o problema? Alma limpa e bons sentimentos, isso ela tinha de sobra. Já os outros ninguém sabia. Pois bem, era a hora da verdade, agora todos iam ver quem era quem naquela cidade. Dona Rosá garantiu exclusividade, ninguém ali teria nada parecido. Aquele bando de gente invejosa não ia poder copiar a roupa preciosa.

A senhora estilista falou o preço, a moça achou caro, mas não ia desistir daquela maravilha. Sendo assim, negócio fechado.

Dona Rosá guardou as amostras na maleta e foi-se embora para a capital, cuidar de apressar a costura. E saiu pelo portão deixando a promessa: ia trabalhar depressa, sexta-feira à noite o vestido estaria ali, lindo e bem passado, pronto para ser usado.

Assim dona Rosá prometeu, assim aconteceu. Sexta-feira, no fim da tarde, bateu à porta trazendo o vestido embrulhado em papel de seda. A estilista entrou, abriu o embrulho, exibiu seu trabalho com orgulho e foi vestindo Doralice.

Se precisasse de algum ajuste, podia fazer ali mesmo, na hora. Mas, que nada, estava um primor. Que cor, que brilho, caimento perfeito!

Por um momento Doralice se assustou um pouco, mas logo passou. Não via vestido nenhum, mas decerto era o encantamento. Vai ver sua alma não era tão limpa quanto imaginava. Diante do entusiasmo da costureira, o melhor a fazer era não dar bandeira.

A estilista recebeu o dinheiro e foi-se embora. Não queria pegar a estrada no escuro, estava em cima da hora. Divirta-se, Dorralis, depois me conte o que esse povo metido achou do seu vestido!

Doralice se olhou no espelho mais uma vez, deu um sorriso meio sem graça e foi se mostrar na praça.

Quando a moça apareceu, foi aquele espanto. O disse que disse murchou no mesmo instante, as risadas emudeceram nas bocas abertas, o vozerio parou no ar. "Estão sem fala, admirando meu vestido", Doralice pensou.

Já as moças da praça não sabiam o que pensar. Está na moda andar sem roupa ou foi a sirigaita que enlouqueceu? Mas, afinal, se ela pode por que não eu?

Aquela noite foram todas dormir sossegadas. Não precisavam arranjar chapéu, nem bicho para amarrar na coleira, nem pé de sapato de cor diferente. Copiar Doralice não ia ser complicado, era só deixar a timidez de lado.

No dia seguinte, não deu outra. As garotas foram chegando, todas sem roupa, umas mais à vontade, outras meio envergonhadas. Logo veio Doralice, toda empertigada, exibindo de novo a roupa prodigiosa. Mas, quando viu as outras moças, ficou roxa como o vestido. Pela primeira vez, deixou o orgulho de lado e soltou a voz, gritou para quem tivesse ouvidos:

– Dona Rosá me traiu, vendeu o tecido encantado para todo esse bando de gente.

Mulher falsa, sem caráter, velha serpente!

Então todo o mundo entendeu o que tinha acontecido. Num instante a praça esvaziou. As moças foram para casa se vestir; os moços foram rir noutro lugar.

Nisso, atrasada para cuidar da vida, uma mulher passou apressada levando o filho pela mão. Tropeçando nas perninhas curtas, a criança gritou, com voz esganiçada:

— Mãe, olha a moça pelada.

Doralice se assustou um pouco, teve até
vontade de chorar, mas logo passou.
Exibindo o vestido que nunca teve,
se mostrando daquele seu jeito,
foi para casa descansar.

E depois de uns dias, por decreto do prefeito, Vila das Luas mudou de nome. A cidade onde esta história aconteceu hoje se chama Vila das Nuas.

Sobre a autora

Monica Stahel é de Santo André, estado de São Paulo. Formou-se em Ciências Sociais e logo passou a trabalhar na área de edição de livros. Além de tradutora, tem-se inspirado nas duas filhas, nos quatro netos e nas pessoas que marcam sua vida para escrever alguns livros para crianças. "Sou grata à vida por ter me levado ao encontro de um trabalho que me dá tanto prazer".

Sobre a ilustradora

Luciana Romão nasceu na cidade de São Paulo. Sempre gostou de rabiscar qualquer pedaço de papel ou espacinho onde coubesse um desenho, inclusive as paredes de casa. Talvez, por isso, foi estudar Arquitetura e Urbanismo. Atualmente, dedica-se à educação não formal em Artes e Tecnologias, além de escrever e ilustrar livros.

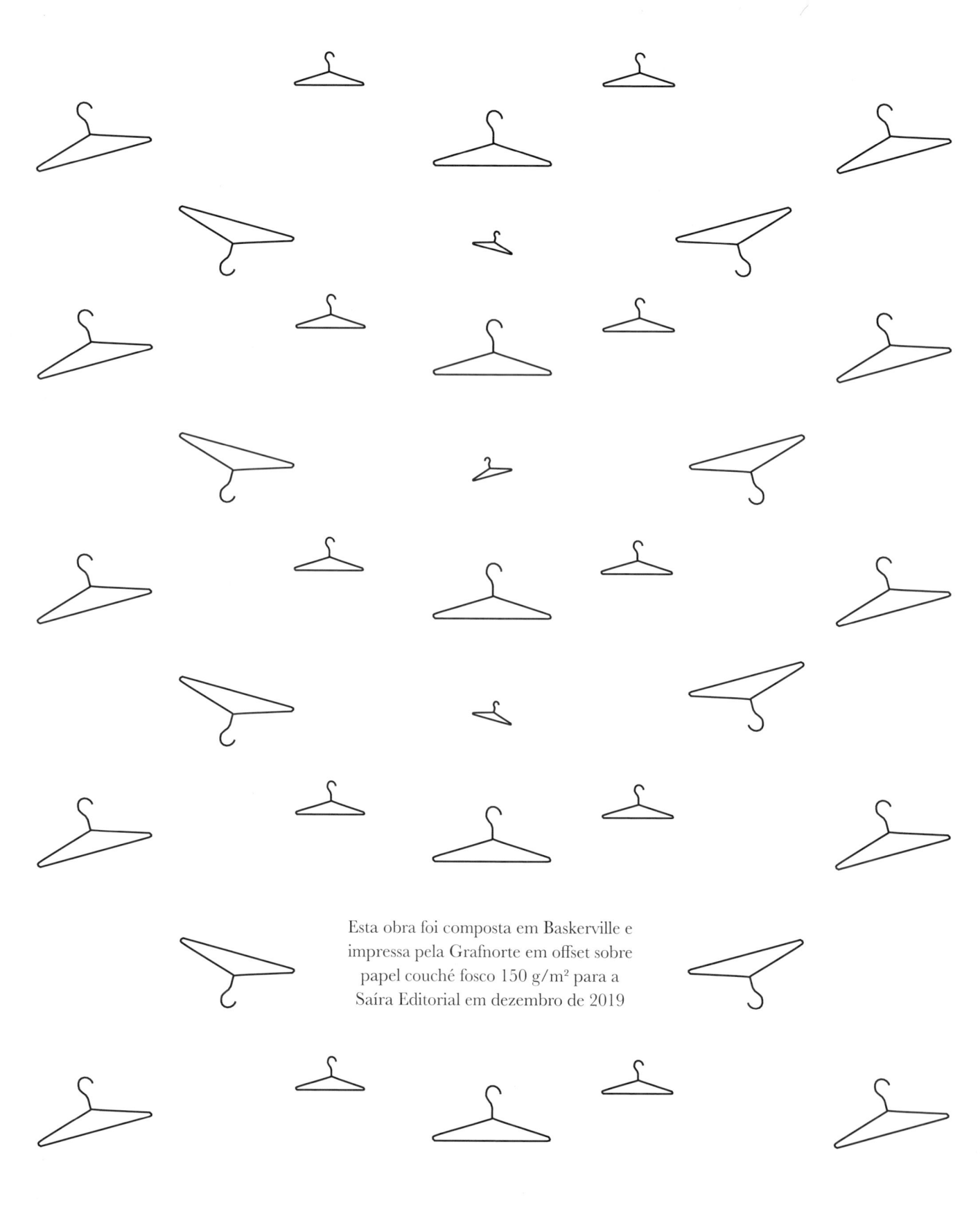

Esta obra foi composta em Baskerville e
impressa pela Grafnorte em offset sobre
papel couché fosco 150 g/m² para a
Saíra Editorial em dezembro de 2019